땅따먹기

땅따먹기

2023년 12월 28일 제 1판 인쇄 발행

지 은 이 ｜ 이희수
펴 낸 이 ｜ 박종래
펴 낸 곳 ｜ 도서출판 명성서림

등록번호 ｜ 301-2014-013
주　　　소 ｜ 04625 서울시 중구 필동로 6 (2, 3층)
대표전화 ｜ 02)2277-2800
팩　　　스 ｜ 02)2277-8945
이 메 일 ｜ ms8944@chol.com

값 12,000원
ISBN 979-11-93543-25-2

이희수 시집

땅따먹기

도서출판 명성서림

차 례

2부

•

이
런

사
람
이

좋
다

4부

●

옛
날
에

옛
날
에

1부

• 여백을 남기며 길을 걷는다

가을

바람에 날리는 금빛 물결 머리를 만들어 낸
헤진 손바닥

심술 난 바람이 재미있어 철없이 몸을 흔들어 대지만
남루한 옷가지로 스러질까 막아서는
은 빛 할배 머리카락에 노을이 염색된다.

할매와 마실 나온
보송한 송아지 머리에도
가을은 그렇게 내려 앉는다.

여백을 남기며 길을 걷는다

그릇 속에 담긴 인생
오랜 기다림으로 삶을 살아 왔지만
틀도 없이 춤추듯 빚어낸 도자기

완성되지 않은 자유
그 여백의 선이 부끄럽게 한다

너를 꺼내어 길 위에 흩뿌려 보다가
촘촘한 발자국을 뒤 돌아 지워버렸다

그저 그 공간을 바라 보다가
삶의 여분이 아직 남아 있음을 알고
남은 발자국
가져오지 않은
길에 남겨 놓은 그 여백

솟대

달빛에 타들어간다
누구를 기다리는가
저리 넓은 하늘만 바라보며 꿈을 꾸다

하늘 선으로 날아오를
꿈을 꾸다가

병아리

개나리 꽃잎 속에 숨어 있다가
노란색 물들어 삐약삐약

엄마는 한걸음
병아리는 세 걸음

엄마 쫓아 삐약삐약
힘들어서 삐약삐약

그래도 좋겠다
병아리는 좋겠다
학원도 안가고, 숙제도 안하고

삐약삐약
삐약삐약

하루종일
삐약삐약

권태

길을 걷기 전엔 몰랐다
언제부터 있었을까

길섶에 저리 많은 이름 모를 꽃들이 숨어들어 피어 있음을
길 가던 바람이
꽃을 흔들어 향내를 피운다

알고 있을까
아침과 저녁
하루와 이틀을 맞으며
너는 나에게 새로워짐을

세상에 홀로 나와
헐벗고 굶주린 가난에
다음 생을 준비하는
너를 생각하며

해질녘 즈음에
욕심으로 가득한

또 다른 길을 찾는다

바다와 어부

세상을 담고 있다가
아무 소리 없이 제 몸 속에 있던 살들을 도둑맞아
바다는 매일 울고 있다

때로는 견디지 못할 이별의 슬픔으로
뭍으로 기어 올라와 통곡하지만
가난한 어부의 한숨 소리에 놀라
슬그머니 집으로 돌아간다.

새들이 노래하고
새색시 단장한 바람이
몸을 간지럽힐 때

바다를 마중 나온
가난한 어부는
바닷가 한구석에 내일 같은 오늘을 준비 한다

풍경

별이 빛나는 밤

오랜 옛날

하늘로 올라가 별이 되고 싶었던 풍경은

오늘도

혼자 집을 지키고 있다

바람이 도둑처럼 새어 들어갈까

제 몸을 흔들며 달랑... 달랑...

옛날이야기

햇볕 따뜻한 커다란 장독대에서
장이 익어 가는 소리

그 옆에 나란히 브로꾸 구멍 하나씩을 차지했던 호미와 낫

여름에 등목을 치던 새미
뚜껑을 잃어버린 고무다라이 속에 투신하던 나뭇잎, 잠자리

허공에 멋모르고 있다가 풍로에 몸을 빼앗겨 불 속으로
뛰쳐 들어가는 바람

"호둑 호둑"소리를 내는 아궁이를 보고 있노라면
최면에 걸린건지
가물가물 졸음이 밀려온다

한숨 자고 일어났는데
장을 따라
내 모습이 익어갔나

검게 그을린 얼굴에 깜짝 놀라 도망가는
그 생쥐 한 마리마저
보고 싶다

사랑 나누기

사랑을 배달합니다
넘쳐나는 곳에서 조금 떼어내
그리워 가슴 아픈 곳에 나누어 줍니다.

그리움을 배달합니다
무료한 사랑 놀음에 지친 연인들에게 처음의 사랑
가슴 간지러움을 나누어 줍니다

사랑하며 그리워 합니다

그리워하며 사랑 합니다

커다란 광주리 하나 들고
어제도 그랬듯이 오늘도
사랑하나, 그리움 하나 주워 담습니다

가득 채워진 열두 광주리
주어도 주어도 줄지 않는

사랑 나누기

운수대통

살아간다는 것
어지간한 운이 아니고서는 태어나지도 못했을 사람들

부적을 살갗 처럼 지니고
운세를 뒤적이며 고민하고
밤새 머릿속을 휘저은 꿈 때문에
기뻐하고, 걱정하고

무엇 때문에

산다는 거
살아간다는 것
식물로
짐승으로 있을 네가
사람의 껍데기를 둘러쓰고 있다는 것

그 하나만으로도
넌 운수태통 한거다.

갑사

계룡의 허리를 간지르면
깔깔대며 몸을 비틀다가 옆구리에 숨겨 놓은
갑사를 보여준다.

다포 한 장에 놓인 차향

물소리를 실은 바람소리
물 냄새를 품은 바람 냄새

갑사에서는 차향 보다 더 진한 바람을 맛볼 수 있다.

감나무

감나무에 감이 대롱대롱 달려있다
갈색 햇살이 그려 놓은
가을 빛깔 하나

침 흘리며 쳐다보는 꼬마의 눈빛까지 더해져
가을이 매달려 있다.

배고픈 까치 한 마리
감속에 들어있는 가을을
콕콕 찍어 먹는다.

내가 되고 싶은 사람

난 생선은 생물이 없는 줄 알았다
어릴적 내가 먹어 보던 생선은
짜디짠 소금에 절은 그런 생선들 뿐 이었다

소금에 말라 비틀어진 생선을 보면서 저녁을 기대하던
겸손한 사람들

지금은 금방 바다에서 목욕하고 나온 듯 윤기가 자르르한
싱싱한 생선을 얼마든지 볼 수 있고
짜디짠 소금에 절디 절은 생선은 쳐다보지도 않지만
난 늘 생선의 가치를 소금에서 찾는다.

그래서 난
당신에게 소금이 되고 싶음을 꿈꾼다.
그 가치가 확연히 드러나지는 않지만
나로 인해서 상처 받은 아픔이 있다면
더 이상 아프지 않게 감싸 안아주고 싶다.

비가 오는 아침
그 시절 소금에 절어진 마른 생선이 대롱대롱 매달린
처마 밑 그 풍경이 그립다.

사랑도 상하지 않게 짜디짠 소금으로 절여 버리는
그런 사람이 되고 싶다.

하니불 사랑 1

당신에게 가슴 설레이는 편지 한통 받아 보고싶다

전혀 알지 못하는 낯설음으로
몇 번이고 읽어도 질리지 않는 그 사랑의 고백이
깨알처럼 적혀 있는 그런 편지

선물로
어딘가에서 푸름을 자랑하다 시들어 버린
시간이 담겨 있는 마른 나뭇잎 한 장 붙어 있으면
더 좋겠다.

편지를 받을 때는 나무대문 옆 빨간 우체통이었으면
좋겠다.
매일의 두근거림으로 습관처럼 열어 보았을 그 우체통에
편지가 담겨 있으면 좋겠다..

가을빛에 단풍이 불타 오를즈음

두 손 꼬옥 잡고
아무 말 하지 않아도
체온으로 사랑을 느낄 수 있는 그런 사람이 언제나
당신이면 좋겠다.

그가 너 였으면 좋겠다

가을이 가져다 준 상상

꽃향기를 생각한다.
그 향기에 누워 바람에 실려가듯
꿈꾸는 식물처럼
살아가고 싶은 날들이 많아지는 날들이다.

비상을 꿈꾸는 잠자리들의 날갯짓을 보며
오수에 잠기고 싶은 그런 날들 이기도하다.

시간이 허락한다면
텅 비어있는 기찻길을
하염없이 걷고 싶은 그런 날 들이기도하다.
가을 하늘이 너무나 맑아 쳐다보기가 아깝다.

이 맑음이
네 맘 같기도 하다

계절은 늘 잃어버림 속에서
새로운 생명을 가져다주는데
사람은 아무리 버리려 해도 미련이 남아
회귀하는 생명처럼 새로움을 만들지를 못한다.

네가 바라는 모습이 "나"라고 생각하지만
난 늘 잃어버림 속에서 너를 맞이하려고 한다.

계절처럼
내가 계절이라면 너는 사람이기를 바란다.
거절할 수 없는 그런 사람이기를 바란다.

결혼

내 인생에 도장을 찍었다.
그 도장의 붉은색은
내 살을 파고 들어가
피가 되어버렸다

지울 수 없는 이름 하나가
나에게 새겨져 오늘도 내일도

지울 수 없는 문신이 되어버렸다.

개미

"으악 뜨거워"
무심코 바닥에 떨어진 담뱃재에 깔려 버둥거리던
쬐그만 개미 녀석이 나를 꼬나보고 있다

서로 꼼짝 않고 감정 섞인 눈싸움을 하고 있는데
화가 난 개미들이 하나, 둘 모여 들었다

주위를 둘러 보니 날 도와 줄 사람은 아무도 없었다

슬그머니 일어섰다
내가 앉았던 자리를 금새 개미들이 점령해 버렸다

"똥이 무서워 피하냐 더러워 피하지"
비겁한 자의 변명이 개미의 승리 속에
비웃음으로 맴돌았다

하니불 사랑 2

숨 한번 들이쉴 때도
숨 한번 내쉴 때도

생각해 보면 도저히 만날 수 없었는데
이렇게 같이 있다니
참 신기한 일이에요

처음엔 낯선 시간 속에서 멈추기를 바랐지만
언제부터 그 속에 있었는지

내가 당신이 좋아하는 들꽃이 되고
바람이 되고 생명이 되어 있을 때

당신의 눈은
나를 바라보는 별

참 신기한 일이지요
난 당신이 되고
당신은 내가 되었으니

수종사

구름이 걷힌 그 자리에 갑자기 나타나 산을 디디고 서 있다

차향으로 산을 되새김질 시키고
불경 소리로 새들의 말동무가 되는 수종사엔

자기가 스님인 듯 스님이 환생한 듯
경내를 어슬렁거리는 강아지 두 마리가 있다

착한 마음으로 위장하여 쓰다듬으면서
내가 가지고 있던 짐을 몰래 얹어놓고 도망쳐왔다

차향을 먹은 산과 불경을 들은 새들도 피해야만 했다

산을 다 내려오는 순간
짊어진 무게가 힘겨워서일까

수종사 강아지들이 컹컹대며 울고 있다

세상아~~~ (젊은 교사의 죽음을 애도하며)

시들어가면서까지 향기를 내어주는 꽃처럼
살아가는 사람도
향기로운 마지막을 보낼 수 있을까

다른 이의 인생을 안내하며
자신은 차마 추스르지 못해 마지막 가는 날까지
안타까운 젊음

우리는 내일을 쓰고

당신은 그곳에서나마
이제 기쁜 하루를 보내었으면 좋겠다.

바꾸어지진 않겠지만
남겨진 사람들이
당신의 향기를 태워 피우리라

이재 그곳에서라도

편히 잠드소서

여유

큰 대접에 밥을 그득 담고 이것저것 듬뿍 넣어
고추장과 함께 쓱쓱 비빈 후
허리띠 풀고 마음껏 먹어보자

세기도 힘든 많은 날들을 살며
한번쯤은 바보스럽게 먹어보아도
괜찮을 일이다

할 일 없는 벌레처럼 살아보자
살기위해 사는게 아니라
그냥 살아있으니 숨쉬어 보자

헐떡이는 일등보다
여유로운 꼴등처럼
그렇게 하루만 살아보자

오늘은
붙잡으려 하지 말고
먼저 다 보내자

2부

●

이런 사람이 좋다

닭이 쓴 시

내가 새벽에 홰를 치는 것은
어젯밤을 무사히 넘김이예요

댁들을 위함이라 생각 마세요

고개 숙여 먹음을 이야기 마세요
눈 맞아 선택되어져 가야하는
하루하루를 죽음 보다 더 큰
두려움으로 산다는 ...

난 그래서 하늘의 새가 부러워
물 한 모금 먹고도 하늘을 보는 거예요

가을 빛

꽉 여민 문틈을 헤집고 들어오는
서늘한 빛은
여름볕이 아쉬워 졸고 있는
검둥 강아지 등에 꽂힌다

하루종일 바람과 춤을 추며 돌아다니다
콧물 흘리는 아이의 재채기 소리에
깜짝 놀라 떨어뜨린
새빨간 홍시하나

목련

처음엔 보송보송
귀여운 얼굴이더니

생글생글 수줍은 새색시 얼굴이더니

농익은 부인의 모습이어서
만질 수가 없구나

아쉬워
한숨짓는 사이
아차,
어느새 이리 변했나
검버섯 낀 노인의 얼굴이구나

감춰줄까
네 모습 감추어줄까

측은한 마음에 고개 들어 보니
빠끔히 내민 푸른 잎 하나

어느 날 오후

언덕 위 찻집
내가 있어서 어색한 그곳

강아지 졸며 꾸벅이다
낙숫물 소리에
서글피 짖어대던 그곳

창밖 늙은 햇빛이
상여매고 종치는 소리에

오후가 놀라
깜깜해졌다

이런 사람이 좋다

봄이 오면
들꽃 씨앗이 되고
바람이 되어

조그만 야산의 한구석에 잠들어 있다
꽃으로 깨어나 대지를 덮고
바람 되어 나무를 안아주는
그런 사람이 좋다

햇빛을 바구니에 그득 담아
그늘진 곳에 한 바가지씩 퍼부어주며 다니다
그래도 남으면 이름 없는 이의 초라한 무덤에
툭툭 털어주고

자국이 흐려진 옛이야기를 나누며
꺽꺽 울어주는
나는 그런 사람이 좋다

세월

너도 한때는 어린 나무였다.
나도 그렇다

숲을 이루어 사는 나무처럼
나도 사람의 숲에 숨 쉬어 살고 있다

가끔 길을 잃어 방황할 때도 있지만

시간은 나이를 먹게만 하지는 않아
길 찾게 하고

보이지 않고
만질 수 없어
꽁꽁 묶어둘 수 없지만

그래도 이만하면 잘 살고 있다고

우리 엄마가 그랬다

오르막길

세상 한구석 먼지만한 틈새를 채워도 좋다
그게 어디야

숨을 헐떡이며 올라도
지치고 헤진 옷 여미며 질질 끌며 올라도
어차피 못 오를 길
이정도면 그게 어디야

사람으로 났기에
그랬기 때문에 끝을 내어주지 않는 길

그래도 너
내리막 길 보며 웃을 수 있다면

하하하
그게 어디야

길고양이

사람을 보면 몸을 움츠리고
보는 사람까지 긴장케 하는 길고양이인데
오늘 만난 조그만 녀석은 나를 보더니
벌렁 드러누워 배를 보인다

이 녀석도 아는걸까?
개미 한 마리도 발에 밟혀 죽는 것을 안타까워하는
마음약한 나인걸...

그런데 긴장하는 길고양이 보다
반가워하는 길고양이를 보는 게 더 마음 아프다

누구와 살았을까
이 녀석은 누구의 사랑을 마음속에 가지고 있을까

잘 살아라
커서 자연스레 생을 마칠 때 까지 행복하게 살아라

그리고
내 눈 앞에 나타나지 않았으면 좋겠다
널 보면 내 마음이 또 안쓰러워 질테니까

봄 걱정

길가에
겨울을 지낸 냉이를 캐는 어르신들이 보인다
예전에는 뿌리까지 흐르는 물에 툭툭 씻어 생각 없이
찾아온
봄을 맛 보았는데

먹을 수 있을까?
미세먼지
중금속
이런저런 생각하면 지금 먹을 수 있는게 있을까?

쓸데없는 생각도 하지만
냉이를 키워 낸 봄이 싱그럽다

봄아
이런 생각을 할 수 있게 찾아와줘서
고마워

길

내게 그려져 있는 길을 따라
어디든 갈 수 있었다

그러나
갑자기 지워진 길

어디로 가야할지 몰라
그 자리에 멈추어 섰다

길이 있는데

그 길이 보이지 않았다

나이

사람은 나이를 먹는다
먹는 것도 아닌데 나이를 먹는다

많이 먹으면 배가 불러야 하는데
많이 먹을수록 힘이 빠진다

어떡하랴

그래도
기왕 먹는거 즐겁게 웃으며 먹자

一笑一小
一怒一老 하다니

마음(心)

나의 항아리는 비어있다
텅 비어있다

그래서 더 좋다
거기에 당신의 슬픔도 담고
기쁨도 담고

그러고도 여유가 있다면 사랑까지 담아
볕 잘 드는 양지에 익는 소리 날 때까지
두어 보고 싶다

착각

"네 나이 몇이냐?"

"27살이요"

"한참 꼬칠(꽃일)나이구나"

"네?"
"꼬쳐요?"

"응?"
"아~~~ 아니 예쁜 꽃"

"아~~~~네~~~에"

여행

먼 곳에 나와 있으면 내 삶이 아까워진다

내일을 쪼개어 쓰는 것만큼
오늘이 기쁨이면 좋겠다

나들이

단풍 보러 나들이 가자
호랑이 담배피던 시절 봇짐 매고 넘었다던
미시령을 넘어가 보자

세상에서 보지 못했던 우연한 풍경을 상상하며
힘들게 오르던 설악의 절경도 좋지만

새들도 구름도 헐떡이며 올라

물 한 모금 내어주던 인자한 고갯마루

도망치듯 살아왔던 시간을 내려놓고

한번쯤은

새처럼
구름처럼 미시령을 넘어가 보자

이별

이별은 늘 아쉽다
준비되지 않은 이별을 했는데도

우연인 듯
한 생명을 뱉어냈던 세상은
오늘도 무심히 흘러가고야 만다

바다가 보고 싶은 날

갑자기 바다가 보고 싶어 졌다
푸른 바닷물이 철썩이며
바위에 부딪히고 이는 포말
수평선에 그림처럼 배가 지나가고
모래톱을 들락거리며
발끝을 간지럽혀도 좋은 바다가 보고싶다

너무나 맑은 날이다
배낭에 물 하나 넣고
백사장이 내 땅인 듯 뒹구를 넓은 돗자리도 하나 넣고
폼 잡으려면 책도 하나 넣어야지

귀찮아서 가기 싫어지기 전에 빨리 일어서야 한다
가고 싶은 것
하고 싶은 것을 늘 철벽처럼 막아대던 게으름

떠나자
오늘처럼 바다가 보고싶은 날엔

어?
그런데
오늘 월요일이야?
꿈이야?

이별연습

헤어짐을 배울 때
자신의 속만 지운다고
헤어짐이 될 수는 없다

진정한 이별은
그 사람에게 찌꺼기처럼 남겨진
나를 지워야 한다

그게 이별이지

봄이 오는 소리

작년부터 시작된 겨울이 떠나야 함을 눈치 챘는지
마지막 안간힘을 쓴다

"벌써 봄이야?"
고개 내민 철없는 꽃들이 추위에 놀라
봄바람 여인네 옷자락에 숨어들어 버렸다

두둑, 우두둑 소리에 귀 기울이니
여기저기서 봄들이 체조를 하고 있다

눈감아 보니 너무 시끄럽다
바람소리, 새싹소리가 저리 좋아 날뛰니

지금 세상은
봄이다

개구리

장대비를 피해
요리조리 도망 다니던 개구리 한 마리가
창틀에 쪼그려 앉아있다
동글동글한 눈을 자세히 보기는 처음이다
아마 개구리도 나와 같은 생각이리라

무엇을 보고 있는가
개구리 눈을 따라가 보니
파리도 비를 피해 앉아 있었다

둘은 미동도 하지 않고 서로 바라만 보다가
비 그친 사이에 떠나 버렸다

이 세상 사람들 보다 훨씬 착한 개구리다
그런데 파리는 고마워할까?

서해바다

잠자던 바람이 깜짝 놀랐다
하늘을 날던 새들도 허우적대며
바닷속으로 빠져든다

어찌 저리 붉을까
저러다 하늘이 타 버리면 어쩌나

바다가 불타오른다
눈에 보이는 것들은 다 태워 버리는
저녁 서해의 바다는
아침 동해보다 더 붉다

길 잃은 새들이 어찌할 바를 몰라
해에게 묻는다

자네 지금 뜨고 있는가
지고 있는가

소래포구

그곳은
오래전 어머니 손을 잡고
굽이굽이 걷던 산길 이었는데

다리 아프다 칭얼대는 꼬마녀석이
콧속을 파고드는 비릿한 내음에
총총 앞서던 길이었는데

미련한 물고기
땅에 떨어져 버둥거리며
어머니 하루 품삯
양미리와 춤을 추던 길이 있는데

지금은 물고기보다
아우성치는 사람들이 더 많다

수덕사

업장 소멸의 기도를 했지만
머리카락으로 자란 미련들이
하나, 둘 발아래 떨어져 눈물에 젖어 반짝이고 있음은
버려야 한다는 것들 때문이리라

내가 아닌 다른 이들을 위해 보시하고
가슴 아픈 사랑의 상처를 지우기 위해 염불을 한다

똑, 똑 세월을 잊은 목탁소리가
허공에서 떠날 줄 모르는 수덕사엔
꽃살문 빗장을 조심스레 열던
일엽의 그림자가 아직도 서성이고 있다

받아들일 수 없었던 인연들 때문에
받아들일 수 밖에 없었던 그 아픔을 위해
속세와는 다른 고통으로 토하듯 정불을 한다

그 소리가 듣고 싶다면
다 벗어 버리고 가고 싶다면
지금 수덕사에 가 보자

사라진 것들

"아이스께끼~~~이"
"찢어진 고무신도 받아요~~~오"

"찍어~~어"
"야, 꼬마야 엄마한테 사진 찍어 달라 그래"

"이약을 먹으면 뱃병이 다 낫습니다"
"회충, 요충, 십이지장충"

"천년 먹은 비얌"
"어이 애들은 저리가"

"이 몸으로 말씀드리자면 계룡산에서 10년"

"어얼씨구 씨구 들어간다아아아"

그리고
내안에 있었던
나를 스쳐간 젊음

일기

조금만 더 졸면
까무룩 잠들 것 같았는데
매미 우는 소리 때문에 그럴 수가 없었다

복수를 해야지

막대기 하나들고 밖을 나갔다

그런데 매미가 나보다 더 똑똑했다
다가서면 멈추고 돌아서면 또 울고

한참을 찾다가 포가하고 돌아서는데
그리 울던 매미가
내 발 앞에 툭 떨어져 버둥거리고 있다
이리 쉽게 죽을 것을 왜 그리 울어 댔을까

이제 알았다
매미가 우는 건 죽음을 준비하는 것이란 것을

이제는 매미에게 복수 같은 건 하질 말아야 겠다

3부

•

땅따먹기

멀미

창자처럼 구부러진 대관령을 넘다 보면
밖을 볼 여유가 없다

속이 뒤집히고
머리가 비잉돌아
산이고 나무고 거꾸로 서 버린다

생각 없이 따라 온
술 취한 바람이 갈 곳 몰라 두리번 거리다

골짜기에 갇여 버렸다

꽃

깊은 산 속
홀로 핀 꽃 무시하지마라

견줄 수 없는 아름다움과
질긴 생명

깊은 산속
치장하여주는 홀로 핀 꽃

고무줄 놀이

와하하하하 도망가자~~~

장난감 기차가 칙칙 떠나간다
과자와 사탕을 싣고서
엄마방에 있는 우리아기한테
갖다 주러 갑니다

시간이 멈출 수 있을까
이런 즐거움 때문에 시간 가는 줄 모르고
이렇게 나이가 들어버렸을까

자치기
팽이치기
딱지치기
구슬치기
사방치기
실뜨기
쌀보리 쌀쌀 보리쌀

놀이가 질릴 때쯤
긴 고무줄 하나로도 반나절은 넉넉히 놀게 했던
여자아이들의 전유물인 고무줄을 호시탐탐 노린다

왜 그랬을까?
왜 그리 심술을 부렸을까?

남자아이들의 줄 끊기 장난을 째려보며
용서해주던 아이들
고무줄이 여기저기 생채기나 묶였어도
그들은 밤새 노래를 했다

개나리 노란 꽃그늘 아래
가지런히 놓여있는 꼬까신 하나~~~~~~

새신을 신고 뛰어보자 폴짝~~

폴짝 폴짝 얼마나 지났을가

새 옷을 입고
새 신을 신었어도
지금은 즐겁지가 않다

헤진 옷과 구멍 난 신발을 신고서
고무줄 하나로도 세상을 가질 수 있었던
그때 그 아이들이 그립다

덕수궁 돌담길

사람이 보고 싶을 때
돌담길 모퉁이에 앉아보자

살포시 내려앉은 단풍잎 하나 주워들고
책 한권과
따스한 커피 한잔

거리에 앉아
덕수궁 돌담길 사연을 들어보자

반짝이는 태양
터벅이는 사람들
가을의 향기

빛

은행잎 보다 사람들이 더 많아질 즈음
그럴 때
정동까지 걸어보자
사람을 느껴보자

방황

아무도 없었다
흔적 없이 방황하는 바람과
멀건 하늘에 우습게 콕 찍혀 있는 구름하나
이 적막감의 정체는 무엇일까

나의 슬픔은 어디에서 비틀려 나온 것인가

이렇게 박제가 되어 버리는 건 아닐까
늪 속에서 허우적대다
허공에 갇혀 버렸다

건망증

문 앞
택배를 들어 본다
무엇이 들어 있을까

주위 들며 주소도 확인하고
이름도 확인하고
무엇일까

내가 나에게 보내는 것이면 어떠랴
잘 기억이 나질 않지만
고르고 골라 보낸 것이겠지
필요하니까 보낸 것이겠지

나이가 들면 건망증이라는 것도
택배에 딸려 오나보다

내가 시킨 것이 맞나?
다시 곰곰이 생각하다보니

집 대문 비밀번호가 생각이 나질 않는다

이제 이 머리통으로는 한꺼번에 두 가지 고민은 못하겠다

누나에게

누나
비가 많이 왔어요.
가을 비 치고는 제법 많이

누나 있는 곳에는
기쁨과 행복만 있게 해 달라고 아침마다 기도하는데
그곳에는 이렇게 쓸쓸한 비는 내리지 않겠지요

곁에 있을 때는 그리움이란 것을 몰랐는데
너무나도 멀리 있기에
이 그리움을 배달시킬 수도 없고 그곳으로 갈 수도 없기에
이 편지로 대신 합니다

덤덤히 마지막 모습을 보았는데
눈물도 흐르다 말았는데
그리움이란 감정은 시간이 갈수록 더해지나 봅니다

밤이 깊었습니다
그곳도 낮과 밤이 있는지
다른 사람들과 친하게 지내고는 있는지
그리고 행복한지
그리운 사람들은 없는지

그리운 사람들

내 볼을 따뜻한 눈 웃음으로 어루만져주던
나를 보고 이유 없이 눈물짓던
오늘
누나가 그립습니다

성형외과

내가 쓴 글을 수술한다

다른 사람의 글을 읽으면
'아하 그렇지'
왜 이런 생각을 못했을까?

성형을 하자
여기는 깎고
저기는 넣고

어라?
이게 아닌데?

어느새 다른 글을 닮아간다
이대로 라면 그냥 두는 것만 못하다

고치면 고칠수록 어색해진다

하지만 타고난 것이 이만큼 뿐 임을 어쩌랴

고치지 않아도 멋진 글이 써졌으면 좋겠다

산 이야기

산은 농부의 얼굴을 닮았다
손도 거칠고
눈가에 잡힌 주름까지도
앞산 계곡이 닮았다

어스름이 깔릴라치면
산자락 누비며 노닐던 장끼
산마루가 떨리도록 홰를 쳐 보지만

산은 말이 없다
조는 듯 앉아 있지만
홰치다 떨어진 깃털 보며
싱긋이 웃는다

봄비

이 비가 그치면 햇빛 잔치가 벌어지겠다
잔뜩 웅크리고 있던 씨앗들이 아우성치며 터져 나오리라

소리 없던 땅들이 노래한다
빗소리에 춤을 춘다

비가 무서운 새 한 마리
낯선 처마 밑에서 꾸벅이며
다음 비상을 준비하고

발 밑 개구리 한 마리
하염없이 앉아 있다
졸며 앉아 있다

비 그치면
같이 해 마중 가야겠다

노숙 1

여름내 모아둔 햇빛으로
혹독한 겨울을 이고 잔다

뼈를 뚫는 바람을 온 몸으로 이겨내고
이들은 다른 이들과 똑 같은 아침을 맞이한다

인연과 미련들을
차가운 바닥에 떨어내고

오늘도 내을을 기다리는 이들에겐
하루가
곧
윤회다

가을戀歌

살에 달라붙어 치근대던 바람이 시들해지는 가을은
눈물을 준비하는 계절이다

우리는 사람을 위해 살았던 한여름 나무들의 장례식
때문에라도
그리해야한다

국화꽃 하나들고 나무들을 찾아갔다

자신은 즐거움 보다 버림받는 고통이 더 길다고 한다
추운겨울
시린 바람 따라 떠도는 영혼들 때문에 더 힘겹다고 한다

미안하다
그래도 이 가을에 찾아와 위로해줌이
대견스럽지 않느냐 했다
같이 부둥켜안고 한참을 울었다

나무가 흘린 눈물이 바람에 날린다
또 다른 영혼이 되어 바람에 날린다

우리 같이 나무들의 장례식에 참석해 보자
지금 핀 국화 꽃 한 송이면 족하다

꽃 축제

거울에 비친 저녁노을이 물에 푼 수채물감 보다 맑다
사랑의 빛깔도 이러하리라

이 빛 속에 빠져들었다 땅에 떨어진 많은 사연들은
오늘 꽃이 되었다

예쁜 말들이 하늘에 올라
이 빛깔로 내려 땅에선 꽃이 되었다

내가 한 말도 있을까
기억나지 않아도 언젠가 입에서 떠났던 사랑이
빛으로 남아 땅에 떨어졌으리라

사랑이 하늘로 오른다
고운 빛으로 멈추어 모두가 잠든 밤
살며시 내려와 꽃으로 남아 있어

이곳에선
꽃 잔치가 끊일 줄 모른다

일출

밤새 바다와 술을 마셔 만취한 별들이
쓰러져 잠들어 하늘로 오르질 못했다

이 미련한 별들은 창자가 빠져나올 듯이 울다가
미친 듯 꺽꺽 울다가

울컥 빠알간 해를 토해 놓았다

동심

아이들이 그려내는 그림 속엔 세상이 담겨 있다
내가 상상치 못할 세상이 담겨 있다

눈 따로 입 따로
색깔도 엉성하고 모양도 어긋나 있지만
내가 고치려 만지면 만질수록 그림은
점점 이상하게만 변해 간다

아이들 그림 속 세상은 믿음이다
그림 속 이 사람이
세상에서 제일 멋진 사람이라는 순수한 믿음이다

조그만 머릿속엔 저마다 다른 색깔이 들어 있다
하얀 종이에 그 빛이 온갖 색으로 너울 대고 있다

아이들과 그림을 그렸다
돌고래에 뿔이 달려 있다
이게 왜 있냐고 했더니
돌고래가 아니고 코뿔소란다

내가 볼 때는 분명 토끼 같은데
이건 토끼가 아니고 곰 이란다
가만히 보니 가슴에 하얀 반달이 숨겨져 있다

그런데 곰 귀가 왜 이렇게 클까
조심스러워 물어 볼 수가 없다

하늘이었다
분명 그건 하늘이었다
파란색에 듬성듬성 그려져 있던 구름도 있었으니까

그런데 난 또 틀렸다
파란색은 물이고 하얀색은 물 속에 있는 하얀 돌이란다

난 도대체 아는 게 하나도 없다

구름을 알아냈다
바람이 불고 있다는 것도 알아냈다
꽃이 있다는 것도

그런데 아이가 왜 울까?

궁금함을 참을 수가 없어 물어 봤더니
그림을 그리다 종이가 날아가 버렸단다

아, 어린왕자의 수수께끼 보다 더 어렵다

그 그림이 날아갔다는 증거가 어디 있을까

그림이 날아갔으니까 울지 그럼 왜 우냐고 내게 따진다
내가 바본가?

사람이 그립다

낙엽 떨어지는 찻집 창가에서
진한 커피향을 함께할 사람이 그립다

그윽한 눈빛으로 마음의 온기를 느낄 수 있는
수다스럽지 않을 사람이 그립다

천박하지 않은 미소와
세월을 견디어낸 주름 잡힌 얼굴이 아름다울
그런 사람이 그립다

슬며시 꼬리를 감추는
가을의 끝자락을 못내 아쉬워하며
정성스레 쓴 손 편지를 살며시 놓고 가는

나는 네게 그런 사람이기를 바란다

지우개

아버지를 지우고
큰형을 지우고

작은형 지우고
막내누이 지우고

엄마를 지우고
둘째누이 지우고

그렇게 순서 없이 지워져 갔다

그런데 지워도 지워도 심장 속에 문신처럼 그리움들이
남아있다

이제는 그만 아프고
그만 그리워하면 좋겠다

이제는 내 손에
지우개가 들려 있지 않았으면 좋겠다

인생

혼자 난 길
혼자 가는 인생

수의에 주머니가 없다는 사실을 알았다

다 놓고 가는 인생

어제를 살고
내일을 꿈꾸고

혼자 가는 길

지금의 생이 연습이라면 좋겠다

쓸데없는 상상

붕어빵에 진짜 붕어가 들어 있다면 어떤 맛일까?
국화빵에 국화가 들어 있다면
십원빵은 왜 십원이 아닐까?

사는게 재미없고 지루할 때
쓸데 없는 상상과 걱정으로 하루를 도배하고

그냥
청개구리처럼 나를 속이는
재미있는 일도 해보자

여행

껍데기를 둘둘 말아 벗어 놓고
미련 없이 떠나

후회를 한다 해도 지금 떠나지 않는다면
이 시간 다시 돌아오지 않아

길을 재촉해

새로움을 가득 채우고
돌아오는 길

어쩔 수 없는 두근거림에

떠나야 하는
맑은 상상

땅따먹기

반들대는 사금파리 하나 주워
커다란 사각형 안에서
땅 따먹기를 했다

팅팅
하면 할수록
내 땅은 커져가고

이미 임자가 있는 이 땅을
내 땅이라고 박박 우겨댔다

손으로 퉁기고
발로 선만 비벼 없애면
이 땅은 내 땅이다
너에게만 허락 받은 내 땅이다

한참을 땅에서 뒹굴다
내가 그은 선속에

내가 빠져 버렸다.

노숙 2

세상이 만들어 놓은 함정에 빠져
허우적대다
하나, 둘 떠나간다

뼛 속으로 벼룩이 들어가 살림을 차렸는지
스멀대는 간지러움을 참을 수 없다

추운 날은 더 춥고
더운 날은 더 덥다

기다리지 않음이 더 편한데
꾸역꾸역 내일이 찾아 온다

다른 이들은 상상하지도 못할 작은 행복에
감사하고 있는데

세상은
이 몸을 대굴대굴 굴리며
이죽대고 있다

4부

옛날에 옛날에

강아지

꼬리가 흔들리는 만큼의 사랑이다

어떤 이는 사랑이 너무 커
엉덩이까지 흔들리는데

사랑하면서

사랑한단 말 못하는
난

강아지보다도 못한
놈이다

적막

시계가 필요했다
뻐꾸기시계면 더 좋았을 뻔 했다

내가 살아 있음을 같이 기뻐할 뻐꾸기 한 마리라도

시간이 흘러가고 있다
이 적막을 깨뜨릴
멈추지 않음을 알려줄
무언가가 필요했다

시간이 허공에 걸려버렸다

아무것도 할 수 없는 나도
그 속에 걸려 버렸다

힘든 세상

그나마 있었던 여유로움이
조각난 시간들과 함께 달아나 버렸다

시계 뒤에 고이 숨어버린 먼지처럼 살고 싶었는데
세상 뒤에 숨어 바라만 보고 싶었는데

시간을 알리는 뻐꾸기에 잡혀
하루하루를 재촉하고 있다

오늘도 뻐꾹
내일도 뻐꾹

강변에 피는 꽃

몰인정한 바람에 흔들리다
이내 주어진 삶을 포기하고도 싶었지만
기어이 꽃을 피우고
하나하나의 사연을 담아
어느새 하늘보다 더 큰 꽃으로 단장하고
너를 위해 노래한다

이들에게 해준 게 없는데
아무것도 없는데

꼼지락 거리다
아직 깨어나지 못한 녀석이나마
보듬어 주면 좋겠다

사랑을 거름처럼
부어 주면 좋겠다

바람이 많이 분다

강변의 꽃
내일은 괜찮으려나

겨울

아름다울 것이라고는 생각지 않았다
사랑함도
받기도 거부한 계절이지만

밤새워 눈물로 기도한 노 신부의 허름한 옷깃에서
기지개를 켠다

모질지 못하여
운명처럼 다가서는 새벽을 뿌리치지 못하고

가난한 성당의 십자가 위에서
어느 여인의 고해 앞에서

조금씩 쪼금씩
낯선 사랑을 흘려놓고 있다

철새

잠시 한 눈 판 사이
길 떠나지 못한 새 한 마리가
철퍼덕 주저앉아 있다

떠나지 못함도 방황이었나
길 잃은 행려 병자처럼 남루하기 그지없다

무엇을 하다가 세상에 갇혀 버렸나
이제 어떡할 것인가

안타까운 나뭇잎 하나가
하늘에 맴돌다 지쳐 떨어지며 소리친다

포기하지마

기도

내가 만약 하루만 산다면
그 하루는
다른 이를 위하여 기도할 것입니다

내가 사랑하는 사람을 위하여

나를 사랑하는 사람을 위하여

내가 미워했던 사람을 위하여

그리고
그리고

당신을 위하여

참새

유리창엔 먹을 것이 없을 텐데
아침부터 조그만 참새 녀석이
부지런히 쪼아댄다
다다닥 다다닥

저러다 유리창 깨질라
주둥이 깨질라

요술처럼
나의 허물을 벗겨내는
아내와 같이
박자도 같이

따다다닥
따다다닥

해바라기

떠나간 님 기다리며
눈물이 떨어질까 하늘만 바라 보다

그리운 님 곁에 오면
고개 숙여 외면하는

네 이름은 해바라기

해가 뜨는 이유

잠시 한 눈 판 사이에
어둠이 융단처럼
바다를 덮어 버렸다

빛이 빠져든다
별이 빠져든다

이른 새벽
일 나가는 어부의 아내 보다 먼저 일어나
안개를 지우는 바다는

밤새 모아둔 빛을 울컥 뱉어내
바알간 해를 만들어 낸다

장승

볼이 푹 파인 심술꾸러기
세파에 찌들어 휘어져 버린 허리

이리 받히고
저리차여
생채기투성이인 얼굴

하지만
하늘을 이고 서 있는 이들은
끌에서 나온 생명이요, 신상이다

세상에서 가장 순수한 이가 불어 넣어준
생명의 수호신

우리를 지켜주고 소원을 들어주는
가장 친근한 믿음

그리움

몇 년을 세월에 갇혀
기다리면
보고픔도 메말라
눈감을 줄 알았지만

그리움은 이리도 생명이 길다

하기야
구천을 헤매다가도
환생을 한다는 게 그리움이라니

벙어리 쪽 가슴 앓던
긴 세월만 혼자 보내렵니다

너와집 사연

문이 열리면
세월이 함께 열린다

가만히, 조심조심 살펴보니
오랜 세월을 숨죽이던 사연이
뒤척이며 눈을 뜬다

시간에 갇혀 들리지는 않지만
내 품에 슬쩍 들어와
소곤대며 이야기를 한다

한때는 이랬어
그 사람은 그랬지
그는 지금 무얼 하고 있을까?

너는 누구야?

그들만의 노래를 부른다
춤을 춘다

세상의 온갖 사연을 담아
거추장스런 미련의 뜰에서

그 님을 생각하며
그 때를 생각하며

옛날에 옛날에

장독대 까마중
세상에서 제일 맛있는 붕어빵
그리고 국화빵

어두운 밤이면 어김없이 들렸던
찹쌀떡 메밀묵

국민靴 고무신

가슴에 콧 수건을 훈장처럼 달고
빈병 하나들고
가위질 소리 기다리며 코를 훌쩍이던 아이들
아이들
그들은 그렇게
하루가 지났다

빨강, 파랑, 검정 전화기
냉장고가 신기하고
텔레비전은 더 그렇고
어른 아이 모여 앉아
박치기를 보고 웃고, 울며
잔치 난 듯 초상 난 듯
그들은 또 그렇게
하루가 지났다

집집마다 조상 모시듯
섬김 받던 콩나물 시루

"뛰지 마라 배 꺼진다"
모깃불 지펴놓고 무릎 내주며
부채질 해 주시던 나의 어머니, 어머니

그리고 옛날에 옛날에
그들은 그렇게 하루가 지났다

숨 쉬는 게 기계인지 사람인지

혼돈속의 하루

감추어져 버린 얼굴

낮 보다 더 밝은 밤

휘청이는 어른들

진화 해버린 아이들

전설이 되어버린 옛날은

이렇게 순간처럼 사람들 속으로

깊이.. 깊이 침몰해 갔다

낙엽

앞산 자락을 노랗게 물들인 은행잎이 오늘 아침엔
후두둑 다 떨어져 버렸다.

사람의 인생도
떨어진 저 나뭇잎들도

눈가에 가까이 있지만
시간이 흐른 뒤에도 저 빛깔의 기억으로 있을까?

아쉽다
이렇게 하염없이 흘려보냄이

낙엽을 모아 태우다
문득
누구인지 모를 타인의 기억에서

그렇게 잠시나마라도
불꽃을 피우는 사람이고 싶다

성판악

바람이 잠시 허공에 머물더니
지붕 위 물고기 꼬리를 흔들어 보고는
땅위에 내려앉았다

그걸 보던 구름이
심호흡 한번 하고는
바를 같은 비를 쏟아내 버렸다

"아야"
물고기가 깜짝 놀라 입을 다물지 못한다
왜 거기 올라가 있을까?

성판악의 여름은
이렇게 시작되었다

점심시간

무엇을 먹을까?
걱정거리도 참 많다
내돈주고 사먹는 것도 고민을 해야 하니

먹고 싶은게 없고
배도 고프지 않은데
바보 같은 머리는 거부를 못한다

갑자기 심란해진다
선택하는 것도 용기가 필요한가?

진짜
오늘 점심 뭐먹지?

수산시장

누워있는 녀석
퍼덕이는 녀석
펼쳐보지 못한 꿈들이 아쉽기는 모두 마찬가지이다

사람보다 더 넓은 곳에서
사람보다 더 많은 인연을 엮어 놓고
먼 길 떠나왔다

아쉬워
두고 온 바다가 아쉬워서
모두 눈을 감지 못했나

지나가는 사람들의 발자국 소리에 놀라
퍼덕이며 뒤척이다
원망하듯 쳐다보는 할머니의 눈빛에
오히려 죽어감이 미안스럽다

"하"
주검들을 차곡이 쌓아 놓은
할머니의 한숨에서
다시 꿈틀대며 살아나는
고기 떼들이 쏟아져 나온다

커피한잔

오랜만에 혼자 폼 잡고 커피를 마신다

눈에 보이는 풍경 담고

이 한가함

여유로움

따뜻한 공기까지 이것저것 넣어
한 모금

코끝을 타고 오르는 향기로
또 한 모금

옷깃 세우고 종종대며 지나가는 사람까지 붙잡아
이 느낌 나누어 주고 싶다

창밖
하얀 눈이 내린다

폭주 기관차처럼 살아 온 세월을
조용히
조용히 덮어준다

기차여행

배낭 하나 메고
기차를 탔다

내가 탄 기차는
가파른 산을 숨이 차지도 않은지
거침없이 올라
긴 어둠의 터널로 들어선다

끝이 보이지 않는 어둠 속에서도
그 길을 잘 아는 듯
속력을 늦추지 않고 달려간다

깊은 어둠을 꿰뚫고 나온 기차는
갑자기 밝아 오는 그 햇빛에 아찔한 현기증을 일으키며
밖의 풍경을 집어 던져주고

뜨겁게 불타오르는 산을 만지며

내가 갈 길을
먼저 달려간다

시
해
설

순수純粹한 시심詩心이 빚은 시적 고갱이 의식
―이희수 시집 『땅따먹기』 론

복재희 (시인 수필가 문학평론가)

1. 프롤로그 ―일상의 미학을 시로 노래한 시인

유창한 시를 읽으면 즐겁고 의미 짙은 시를 읽으면 행복해 지고 이 둘을 다 아우르는 시를 만나면 가슴이 부풀다가 급기야 눈물이 나게 되는데 바로 이희수 시인의 「땅따먹기」에 수록된 한편 한편이 그러하다.

작가의 말을 빌리자면 공부는 할 만큼 했고, 1999년에 등단하셨으니 필력筆力또한 몇 번의 강산이 변했듯이 내공이 깊고, 또한 재직기간이 30년이 지나야 받는 국무총리 상 대통령 상 근정훈장까지 수상하셨으니 ―다시 말하면 교육 분야에서 청춘을 바친 유공자 시인이다.

그의 시를 일별一瞥하자니 반듯한 주춧돌처럼 단정하고도 정감이 배어있어 독자들에게 한껏 사랑을 받으리라는 확신이 든다.

시는 인간의 상상을 어휘로 포착함으로 최초의 임무 수행에 들어가는 것이다. 물론 시의 언어는 일상의 언어와 다르다는 이론은 모두 알고 있는 사실이다. 시의 창조는 언어의 창조에 이어지고 언어 속에 이미지를 앉히는 일이야말로 시인의 일차적 관건이라는 사실이다.

언어란 인간의 영혼을 담는 그릇이자 시인의 넋이 담겨지는 방법을 터득하는 최종 목표의 용기容器라는 점을 이희수 시인은 간파하고 있는 듯 시를 구하는 시심이 정갈하고 표현의 생동감이 오롯이 담겨있다.

그의 정갈한 용기에 담긴 시적 맛을 함께 음미해 보자.

2. 완성되지 않은 자유, 그 두려움

한 시인의 시집엔 그의 투명한 정신 모두가 반영된다. 꾸밀 수 없고 변명할 수 없는 심리적인 흔적들이 일렁이면서 만들어지는 시의 세계는 환히 들여다보이는 맑은 호수일 가능성이 높다. 그 이유는 시인의 삶을 있는 그대로 반영하는 정신도精神圖가 시의 표정이기에 뚜렷하게

조감되는 이치다.

　　그릇 속에 담긴 인생
　　오랜 기다림으로 삶을 살아 왔지만
　　틀도 없이 춤추듯 빗어낸 도자기

　　완성되지 않은 자유
　　그 여백의 선이 부끄럽게 한다

　　너를 꺼내어 길 위에 흩뿌려 보다가
　　촘촘한 발자국을 뒤 돌아 지워버렸다

　　그저 그 공간을 바라보다가
　　삶의 여분이 아직 남아 있음을 알고
　　남은 발자국
　　가져오지 않은
　　길에 남겨 놓은 그 여백

　　　　　　　　　　－「여백을 남기며 길을 걷는다」 전문

4연 10행으로 그리 길지 않은 작품이지만 시인이 하고
자하는 많은 이야기가 담긴 작품으로 다가온다.

"그릇 속에 담긴 인생
오랜 기다림으로 삶을 살아 왔지만" 시인은 지난 삶을
반추하는 사색에서 첫 행을 가져왔다고 느껴진다. '그릇'
이란 크든 작든 한계라는 공간이 작동하는 표현이라 보
면 평생을 시간표라는 그릇 안에서 청춘을 불살라 삶을
지탱해 왔지만 퇴임이란 '완성되지 않은 자유'에 노출되
고 보니 "그 여백의 선이 부끄럽게 한다"라는 시적 표현
기교를 사용하여 세상을 향한 낯설음을 은근히 드러내
는 시인의 눅눅한 내면을 만나게 한다.

3연에 "너를 꺼내어 길 위에 흩뿌려 보다가 / 촘촘한
발자국을 뒤 돌아 지워버렸다"라는 표현은 삽상颯爽하기
그지없는 상당한 시적 우위를 점령할 표현이라서 그의
시적 필력이 가늠이 되는 대목이다.

지난 시절 시인만의 기억들을 파노라마 펼쳐보아도 남
은 생(여백)을 채워 나아가야 하기에 궁극엔 촘촘했던
흔적을 지운다는 대목에선 독자들에게 ─한창 에너지
넘치는 시기에 퇴임을 해야 했던 독자들에게 상당한 공
감대를 이루리라 생각된다.

다시 그려야하는 여백에 농축된 근면 성실함이 더해지고 시적 감성까지 더해져 왕성한 보람으로 이어지길 응원한다.

3. 결 고운 시인이 좋아하는 사람

참된 나를 발견하는 일은 결국 단 한마디로 '진실하게 살아가는 일'에서만 해답이 들어있다. 시 또한 진실을 포장하는 일, 곧 사무사思無邪의 결론에 이른다. 생각에 거짓이 없다는 순수함을 지닐 때, 시는 상상의 숲에서 발산되는 아름다운 향기를 발하게 되는 이치이다.

이희수 시인의 정서는 따스하고 순수한, 인간의 정서를 꾸민 것이 아닌 자연 그대로의 모습에서 우러나는 현상을 포착하는 시적 상당성과 그의 인성人性이 시와 결합하는 서정적 표현에서 알 수 있듯이 그는 마음결 고운 시인임이 명징하게 드러난다.

걸쭉한 시인들이 누에고치에서 실 뽑듯 드라이한 표현과는 차별성이 뚜렷하다. 이는 지난至難한 세월동안 자신을 점검하고 수양된 겸손에서 빚어지는 수확물이기 때문이리라. 지면상 다 소개하지 못하지만 개미 한 마리의 생명에도 연민을 느끼는 소소한 인간적 작품이 즐비

한 이유이기도 하다.

봄이 오면
들꽃 씨앗이 되고 바람이 되어

조그만 야산의 한구석에 잠들어 있다
꽃으로 깨어나 대지를 덮고
바람 되어 나무를 안아주는
그런 사람이 좋다

햇빛을 바구니에 그득 담아
그늘진 곳에 한 바가지씩 퍼부어주며 다니다
그래도 남으면 이름 없는 이의 초라한 무덤에
툭툭 털어주고

자국이 흐려진 옛이야기를 나누며
껑껑 울어주는
나는 그런 사람이 좋다

— 「이런 사람이 좋다」 전문

시인의 작품에 식물성 정서가 많다는 것은 시인의 정신 원형이 어디에서 출발했는가를 살필 수 있는 구체적인 앎이다. 이희수 시인은 어머니와 산길을 걷던 추억을 지닌 어린 시절이 얼비치는 정서를 선보인다. 이런 심리적인 흔적은 항상 시의 무드를 조성할 뿐 아니라 그의 삶에 중요한 인자因子로 자리 잡고 의식의 전면에 나서려는 무의식이 시에 반영된다.

　시인의 「이런 사람이 좋다」에서 감득 되듯이 햇살 고운 봄이 오면 "들꽃 씨앗이 되고 바람이 되어 / 조그만 야산의 한구석에 잠들어 있다 / 바람 되어 나무를 안아주는 / 그런 사람이 좋다"는 시인의 표현에서 시인은 화려한 품종의 씨앗이 아닌 '들꽃씨앗'이란 표현을 구사하여 화려함보다는 인간미가 풍기는 다감한 사람이 좋다는 시인의 마음을 표현했다.
　"햇빛을 바구니에 그득 담아 / 그늘진 곳에 한 바가지씩 퍼부어주며 다니다"란 표현에서는 시인의 이타적인 심성을 발견하게 된다. 나보다 타인의 배고픔을 걱정하는 결 고운 시인은 좋아하는 사람도 자신을 닮아 퍼주고도 남으면 이름 없는 초라한 무덤에도 은은한 향기 발할 꽃씨를 툭툭 내어주기를 소망한다. 시인이 좋아할 만한 사람은 바로 시인 자신이라는 등식을 눈 밝은 독자는 감지

하고도 남음이다. 한 폭의 투명한 수채화를 만난 듯 마음
이 행복해 지는 감동으로 다가오는 작품이라서 기쁨이
인다. 지나온 길만큼 새로 난 길을 가야할 여정에 이런
사람을 꼭 만나 은근한 향기를 주고받는 시인의 삶이길
소망한다.

4. 시인이 간직한 동심童心의 소묘

이희수 시인의 시정詩情은 다정다감한 무게가 있고 태
생적 여린 감수성이 작품마다 출몰하여 독자로 하여금
긴장하지 않도록 나직이 속살거리는 언어의 속도를 지닌
시인이다. 여기엔 이별도 있고 따라서 그리움도 있고 까
치밥도 있고 작은 생명들이 호흡하는 모습도 서려있다.
이렇듯 백화점식 시 종자를 선택하는 배경엔 언어를 응
축하는 기교와 시적 긴장을 요리할 상상력이 풍부하다
는 자신감일 수 있으리라.

일부 원로시인들 중에는 시 종자의 고갈을 맛보다가
급기야 테마 시로 시작詩作하는 선택을 한 경우를 볼 수
있다. 말 그대로 ―테마 시는 특정한 시제詩題나 아이디
어를 가지고 생각이나 감정을 표하는 시작詩作이니 거개
작가들이 한 번씩은 고민해보는 장르이기도 하다.

와하하하하 도망가자~~~

장난감 기차가 칙칙 떠나간다
과자와 사탕을 싣고서
엄마 방에 있는 우리아기한테
갖다 주러갑니다

시간이 멈출 수 있을까
이런 즐거움 때문에 시간 가는 줄 모르고
이렇게 나이가 들어버렸을까

자치기
팽이치기
딱지치기
구슬치기
사방치기
실뜨기
쌀보리 쌀쌀 보리쌀

놀이가 질릴 때쯤
긴 고무줄 하나로도 반나절은 넉넉히 놀게 했던
여자아이들의 전유물인 고무줄을 호시탐탐 노린다

왜 그랬을까?

왜 그리 심술을 부렸을까?

남자아이들의 줄 끊기 장난을 째려보며 용서해주던
아이들

고무줄이 여기저기 생채기나 묶였어도

그들은 밤새 노래를 했다

개나리 노란 꽃그늘 아래

가지런히 놓여있는 꼬까신 하나~~~~~~

새신을 신고 뛰어보자 폴짝~~

폴짝 폴짝 얼마나 지났을까

- 생략 -

헤진 옷과 구멍 난 신발을 신고서

고무줄 하나로도 세상을 가질 수 있었던 그때 그 아이
들이 그립다

- 「고무줄놀이」 일부

예술의 표현은 자기를 표현하는 걸로 인식되어 온다. 이는 자기 존재를 확인하는 절차의 문제를 변용하면서 새로운 승화를 의미하는 단계로 높여나가는 정신작용에서 획득되는 문제를 암시하는 것이다. 또한 우주宇宙의 질서秩序와 자기自己와 어떻게 하나로 통합하는가를 고심하는 데서 예술 혼은 신선한 감동을 창출하게 되기에 예술가는 자기를 확인하는 절차에서 변화를 위한 모험을 계속하는 존재들이다. 여기서 시인의 심성은 시의 개성으로 나타나고 개성은 시의 품격을 감동으로 바꾸는 길을 만들 때 시혼詩魂은 영원성을 획득하는 절차를 갖게 된다는 의미이다.

힘주어 말하자면 높은 경지에 이르기 위해서는 낮은 위치의 나를 떠나서는 시의 감동은 존재할 수 없게 된다는 뜻이다. 어린 시절 동심童心을 저버린 시인의 글은 감동과는 먼 거리를 지닐 수밖에 없음이리라.

위 작품은 긴 장시長詩에 속하지만 필자가 장문을 소개하는 것은 작금에 현존하는 어스름나이에 접한 시인들이야 가난한 시절 모두의 동심에 자리한 놀이들이지만 젊은 시인들은 자칫 생경할 수도 있고 미래를 위해 명칭들을 기록해 둘 가치가있다는 판단에서이다.

"자치기 / 팽이치기 / 딱지치기 / 구슬치기 / 사방치기 / 실뜨기 / 쌀보리 쌀쌀 보리쌀"등은 주로 남자 아이들의 전유물 놀이였다면 여자 아이들의 놀잇감은 뭐니 뭐니 해도 그 시절엔 단연 '고무줄놀이'였다.

시의 첫 행은 신이 준다고 했는데 이 시를 탄생시킨 시인의 심리상태가 더없이 해맑은 동심에서 탄생된 작품이라 보인다.

"와하하하하 도망가자~~~"라는 첫 행은 고무줄을 끊으러 오는 개구쟁이를 발견한 여자아이들의 외침이다. 그다음 시인은 연극 무대에서 완전히 세팅을 다시한 후에 새로운 장면을 연출하듯 가슴에 쟁여둔 동요를 기록한다. "장난감 기차가 칙칙 떠나간다 / 과자와 사탕을 싣고서 / 엄마 방에 있는 우리아기한테 / 갖다 주러갑니다" 이 대목을 접한 독자들은 하나같이 입술을 움직여 동요를 불러볼 거란 확신이 든다. 필자도 동심에 들어 흥얼거리고 있으니 이는 진한 교감이 이는 표현이라 생각된다. 또한 시인은 동요를 전달함에 그치지 않고 "이런 즐거움 때문에 시간 가는 줄 모르고 / 이렇게 나이가 들어버렸을까" 라며 기차가 칙칙 떠나가듯 잡을 수 없이 흘러간 세월을 돌아보는 시적 자리를 놓치지 않는 센스를 보인다.

다음 연 또한 그러하다.

"개나리 노란 꽃그늘 아래 / 가지런히 놓여있는 꼬까 신 하나~ / 새신을 신고 뛰어보자 폴짝~~"이라고 기록 하고선 "폴짝 폴짝 얼마나 지났을까"라며 세월을 대입시 키는 시적센스를 발휘하며 "헤진 옷과 구멍 난 신발을 신고서 / 고무줄 하나로도 세상을 가질 수 있었던 그때 그 아이들이 그립다"며 완성도 높은 기승전결로 탈고된 수작秀作이다.

영국시인 윌리엄 워즈워드는 그의 시 '무지개'에서 하 늘에 뜬 무지개를 바라볼 때 설레었던 동심이 늙어서도 그렇게 가슴이 뛰기를 바랐고 그렇지 않으면 죽은 목숨 이라 노래했다. 이희수 시인의 가슴에도 언제나 풋풋한 동심이 출렁이어 순수서정시에 언덕이 되길 기대하면서 역시 동심이 기저基底이고 이번 시집의 시제詩題인 '땅따 먹기'를 소개하고 다음 작품을 만나보자.

반들대는 사금파리 하나 주워
커다란 사각형 안에서
땅 따먹기를 했다

팅팅
하면 할수록
내 땅은 커져가고

이미 임자가 있는 이 땅을
내 땅이라고 박박 우겨댔다

손으로 퉁기고
발로 선만 비벼 없애면
이 땅은 내 땅이다
너에게만 허락 받은 내 땅이다

한참을 땅에서 뒹굴다
내가 그은 선속에

내가 빠져 버렸다

- 「땅따먹기」 전문

5. 문신文身처럼 각인된 시인의 그리움

인생을 돌아보면 수유水流인 것이다. 아득히 먼 길을
온 도정에서 벗어날 수 없는 상황에 직면하기도 했고 살
갑던 피붙이를 먼저 보낸 아픈 기억들은 해를 거듭할수

록 켜켜이 쌓여 애환과 시름 혹은 반백의 얼굴에 그리움이 그어놓은 주름살이 늘고 종점을 의식하게도 한다.

그리움이란 마음을 어지럽히는 그림자인가 하면 잡을 수 없는 신기루의 모습이기도 하고 시도 때도 없이 찾아드는 방문객인가 하면 너무 멀리 있어 가까이할 수 없는 안타까움의 키만 사뭇 길어지게 만들기도 한다.

이희수 시인이 반평생을 지나며 여러 번의 아픔을 경험한 흔적은 「지우개」란 작품에서 아리게 다가온다. 하지만, 욜로(You only live once)가 있다면 요도(You only die once)는 피할 수 없는 섭리이리라. 그럼에도 남은 자들의 슬픔의 진원은 생전에 함께한 새록새록 추억이 짙은 이유라 생각된다. 이희수 시인에게 더 이상 지워버려야 할 지우개가 필요 없기를 바라며 작품에 다가선다.

아버지를 지우고
큰형을 지우고

작은형 지우고
막내 누이 지우고

엄마를 지우고

둘째누이 지우고

그렇게 순서 없이 지워져 갔다

그런데 지워도 지워도 심장 속에 문신처럼 그리움들이
남아있다

이제는 그만 아프고
그만 그리워하면 좋겠다

이제는 내 손에
지우개가 들려 있지 않았으면 좋겠다

- 「지우개」 전문

위 작품은 7연 12행으로 탈고된 작품으로 한번 주룩
훑으면 누구나 감득이 되는 난해하지 않은 작품이지만
시작법詩作法에 대입하면 상당한 시적 응축凝縮과 감정
의 자제自制함이 도입되었음을 발견하게 된다.
한마디로 시가 무엇인지를 정확히 파악한 시인의 정신
도가 보이는 작품이다.

시란, 보이는 것이라고 그대로 쓰는 것이 아니요, 느껴지는 것이라고 그대로 쓰는 것도 다가 아니며 그 너머의 세계를 지향하는 것이란 작법을 시인은 이미 간파하고 있다는 반증이다. 시는 화자의 큰 슬픔도 절제하여 표현해야 하고, 큰 기쁨도 절제하여 표현해야 하는 시인의 책무를 인식해야 하는데 위 작품이 그 기본에 충실한 본보기라 하겠다.

"아버지를 지우고 / 큰형을 지우고 / 작은형 지우고 / 막내 누이 지우고 /

엄마를 지우고 / 둘째누이 지우고 / 그렇게 순서 없이 지워져 갔다" 여기까지 '지우고'가 6번이나 반복됨을 미루어 화자의 애통함 또한 이 숫자만큼 반복되었음을 감지한다. 하물며 지울 수밖에 없는 대상들이 하나같이 집안 식구들이니 그로인해 흘린 눈물은 강을 이루고도 남았으리라. 하지만 그 어디에도 화자가 슬퍼서 울음을 터뜨렸다든지 기가 막혀 목이 메었다는 구절 하나 없이 지우개로 지우고 또 지웠다는 표현으로 독자들에게는 오히려 더 큰 슬픔을 발견하게 하는 작품이다.

비로소 5연에서 "그런데 지워도 지워도 심장 속에 문신처럼 그리움들이 남아있다 / 이제는 그만 아프고 / 그만 그리워하면 좋겠다"라며 하늘이 무너지는 아픔에 노

출된 화자의 슬픔을 살짝 엿보게 되는 —시적기교詩的技巧가 상당한 수작秀作이다.

6. 위무慰撫가 되려는 시적 소명의식召命意識

예술은 고뇌의 미학이다. 고통을 지불하고 화려한 꿈을 만나는 이름이 곧 예술이기 때문에 예술가는 그 과정에서 신열辛熱을 만나면서도 창조의 길을 마다하지 않는 거다.

필자는 이런 과정을 '아이 낳기'라 비유한다. 이 세상에서 가장 큰 고통이 신이 내린 출산出産의 고통이지만 정작 탄생한 아가를 바라보는 순간에 이르면 그 고통은 이내 환희의 기쁨으로 바뀌면서 행복을 느끼기 때문이다. 이 신비한 일은 사랑이라는 본질에 가까운 일이다.

사랑이 없다면 고통이 앞서고 애정은 뒤로 밀려나지만, 창조는 고통을 지불하고 사랑을 얻는 일이 된다. 때문에 시인들이 신열辛熱과 아픔을 지불하고 다시 창작의 과정에 기꺼이 헌신하는 이유가 여기에 근거한다. 두려운 여백을 마주하고 신기루 같은 시어를 적합하게 배열하는 시작詩作의 지난至難한 과정도 궁극적으론 탈고가 주는 행복을 만나기 때문이다.

이희수 시인의 작품들 역시 자신이 만족하든 부족하다 생각하든 한 수 한 수가 탄생의 기쁨으로 응답했으리라.

이희수 시인은 도덕을 우선시 하는 교육계에 일생을 투신해서인지 전달되는 시어는 급랭한 얼음처럼 투명하고도 맑아서 두려운 시평을 마주한 필자에게도 기억될 작품이다.

마지막으로 소개할 작품은 화자의 고향이요 그곳에 투영되는 어머님이시다.

이 지구상에서 가장 아름다운 단어가 어머니Mather라는 조사 결과를 만 난적이 있다. 어머니는 인간 앞에 보여 지는 신神의 다른 이름이라고 필자는 주장한다. 한 때는 한 몸이었다가 둘로 나뉘어졌지만 어머니는 퍼 주어도 퍼주어도 화수분 같은 모정으로 자식위해 희생하시고, 자식은 받고 받아도 부족한 표정이 다반사이다, 참담한 세월을 사신 우리네 '어머니'라는 이름은 너무 아리고 너무 두려워서 필자도 다루기가 미루어지는 존재이다. "뛰지 마라 배 꺼진다"고 걱정하시던 어머니의 목소리를 배부른 시절인 지금도 시인은 기억하고 있다. 어느 가요처럼 물 한 바가지로 배를 채우시던 어머니의 사랑을 잊지 못하는 시인의 고향풍경에 대한 절창을 만나보자.

장독대 까마중
세상에서 제일 맛있는 붕어빵
그리고 국화빵

어두운 밤이면 어김없이 들렸던
찹쌀떡 메밀묵

국민靴 고무신

가슴에 콧수건 훈장처럼 달고
빈병 하나 들고
가위질 소리 기다리며 코를 훌쩍이던 아이들
아이들
그들은 그렇게
하루가 지났다

빨강, 파랑, 검정 전화기
냉장고가 신기하고
텔레비전은 더 그렇고
어른 아이 모여 앉아
박치기를 보고 웃고, 울며
잔치 난 듯 초상 난 듯

그들은 또 그렇게
하루가 지났다

집집마다 조상 모시듯
섬김 받던 콩나물시루

"뛰지 마라 배 꺼진다"
모깃불 지펴놓고 무릎 내주며
부채질 해 주시던 나의 어머니, 어머니

그리고 옛날에 옛날에
그들은 그렇게 하루가 지났다

– 생략 –

– 「옛날에 옛날에」 일부

　시인은 시를 일정一定한 곳에 가두어서는 안 된다. 방랑자의 신선한 눈이 되기도 하고, 지혜 번뜩이는 예지와 사랑이 담겨진 햇살 깃드는 곳이나 비 오는 날엔 빗속을 끝없이 헤매다 돌아올 줄도 아는 마음이라야 바라보는 사물이 더욱 친근하고 사랑으로 다가오는 결과에 도달한다.

시를 수학의 공식公式이나 화학적化學的 법칙의 굴레를 씌워 감금해서도 안 된다. 시는 살아있는 생명체生命體로서 시인의 정신과 고뇌가 들어 있는 지구상 어느 곳이든 인간의 가슴을 위무慰撫해줄 수 있을 만큼 확실한 해방의 날개를 지녀야 한다고 주장한다. 이것이 시인이 시에 대한 책무이자 확실한 소명召命이기 때문이다.

이희수 시인이 많고 많은 시적 종자 중에 「옛날에 옛날에」를 장시長詩로 구현한 것도 위무慰撫가 되려는 소명의식召命意識이라 여겨진다.

위 작품의 첫 행에서 "장독대 까마중" 여기서 '까마중'은 생명력이 강한 야생식물 '까마귀 발톱'을 표현한 것이리라.

위 작품 고향풍경에서

'장독대 · 붕어빵 · 국화빵 · 찹쌀떡 메밀묵 · 고무신 · 콧수건 · 빈병 · 빨강, 파랑, 검정 전화기 · 콩나물시루 · 모깃불'등 명사만 나열해 봤다. 아무런 부과적인 시어가 합치지 않아도 단번에 정겨운 고향의풍경이 그려짐을 발견한다. 이토록 정겨운 감흥이 이는 것은 이러한 풍경엔 반드시 내 어머님의 희생이 깔려있기 마련이기 때문이다.

"뛰지 마라 배 꺼진다 / 모깃불 지펴놓고 무릎 내주며 / 부채질 해 주시던 나의 어머니, 어머니"라고 시인은 절창한다. 필자가 마지막 연을 생략한 것은 작금의 현실에서 옛날은 전설이 되어버렸다는 시인의 하소가 짙게 드리워져있기도 하지만 눈부시게 아름다운 명사들을 지켜주고 싶은 욕심도 작용했기 때문이다.

7. 에필로그 —이희수 시인의 시는 따스했다

누군들 그렇지 않을까만 시인이 시를 생각하는 것은 시에 전 우주만물을 담고 있기 때문에 목숨과 교환이라도 하려는 뜻으로 시 창조에 헌신하게 된다. 설혹 취미와 호사가 —딜레탕트dilettante(체계적인 지식 없이 도락道樂으로 즐기는 사람)적인 태도로 시와 대화하려는 시인이 있다면 그는 이미 뮤즈Muse로부터 시인의 자격을 박탈당한 불행한 사람일 것이다.

시인이라는 명패를 걸고 시를 두려워 않거나 쓰지 않는 시인이 흐벅진 현실에서 이희수 시인처럼 자신을 오롯이 투사하여 순수하고 정갈한 시어를 마침한 자리에 놓으려고 혼신을 다한 시인을 만나면 콧날이 시리다.

시詩가 진실을 그리는 마음의 채색화彩色畵라면 이희수 시인의 마음은 투명한 햇살 같아서 자연의 꽃 한 송이에도 따스한 감성으로 다가서고 더욱이 추억을 그리워하는 동심의 추구는 순수를 찾아가는 아름다움이기에 그의 시는 도시의 메마른 정서를 부드러움으로 감쌀 수 있는 신서정新抒情의 시적 무드를 챙긴다. 물론 언어의 전이와 낯설기 또는 보다 더 응축할 수 있는 정신의 에너지가 어떻게 공급되는가에 따라 이희수 시인의 다음 시집은 또 다른 변신으로 이어질 거라 기대하면서 논지를 닫는다.